Xymon

„ Station Leben "

www . xymon . de

Xymon:

Station Leben: Chronologie einer Depression
1. Aufl. – Frankfurt (Oder), „Kenaz Black Book Label", NLC-Verlagsgesellschaft bR, 2001
ISBN 3-8311-1983-X

1. Auflage

Herstellung: Books on Demand GmbH

„Station Leben“

Gesammelte Werke einer gedanklichen Tragödie
und
die Erinnerung „Schmerz“ in allen Formen

Inhalt

„Alles ist Magie“

Die Nacht blickt schwarz in meine Seele,
ich ergebe mich der Macht,
Blut strömt durch alle Fasern meines Ich's,
die Gedanken überrennen mein Gefühl.
Trauer, Depression, unendliche Schmerzen
lassen meinen Leib zerfließen, ihn zerfressen.
Klarheit zersticht das Unterbewußtsein,
die Leere erfüllt die unendliche Weite.
Wer bin ich?
Ströme durchzucken das Fleisch, das kalte Fleisch.
Die Schwärze breitet sich aus, der Tod ist nah.
Empfangsbereit öffnet sich mein Bewußtsein,
die Aura glüht.
Komm und entführe mich. Ich bin bereit!
Das Licht erlischt, verweht die Macht,
alles ist Magie.
Alles ist Magie.
Und sterbend legt der Wind sich schlafen.

„Das Spiel "

Ein Traum, geweckt aus dem Tiefsten der Gefühle,
kommt über mich,
die Flammen sind entfacht,
leises Schleichen nähert sich,
eine bizarre Gestalt in der Nacht.

Komm spiel mit mir, hab Mut,
doch sei gewarnt,
verbrennst die Finger Dir,
bevor Du mich enttarnt.

Hab Acht, das Spiel kennt keine Regeln,
sei auf der Hut,
ein Kreuz durchschlagen mit Nägeln,
an ihm hängt Dein eigen Blut.

Spielst mit der Macht,
laß Dich drauf ein,
doch gebe Acht,
es kann nur einer Gewinner sein.

Das Spiel beginnt,
hoffend auf`s Glück,
aus der tiefsten Tiefe kommt keiner zurück.

Man kann nur verlieren,
denn es gibt keine Regeln,
es stand schon bereit,
das Kreuz mit den Nägeln.

„Das Tagebuch"

Die Scherben meines Glücks,
ausgebreitet liegen sie mir vor den Füßen.
Im Spiegel der Erinnerung lese ich Zeilen meines Tagebuch`s.
Mein Körper zerschellt in den Wogen des Lebens,
es gibt kein Zurück.
Gedanken wandeln in Zeit und Raum,
mein Körper erstarrt im Angesicht des finsteren Daseins.
Entzückt vom allgegenwärtigen Siechtum,
Stimmen flüstern den Tod.
Ganz nah, ganz nah dringt das Wehklagen,
der Weltschmerz an mein Ohr.
Meine Seele, Schmerzen der Verzweiflung, löst sich auf,
wie ein Nebel in der Abenddämmerung, bevor es Nacht wird.
Mir wird die Sinnlosigkeit bewußt, Blätter im Herbst,
die sich gegen den Sturm sträuben, und sich doch beugen.
Das Schicksal mißt die Zeit, Winterskälte zerberst das Herz.
Kein Klagen, kein Wimmern, verspürt des Eises Hauch.
Das Tagebuch bleibt unvollendet, der Spiegel wird blind.
Die Wogen brechen sich, die Blume verwelkt.

„Ein alter Baum“

Der Atem seiner Mutter streift ihm durchs Haupt,
sein Haar weint das alte Lied,
voll Sehnsucht an vergangene Zeiten.
Alt ist er geworden! Alt ist er geworden und er ist es leid.
Sehnsucht quält ihn, Sehnsucht nach Erlösung.
Lang ist die Geschichte seines Leidens, eine Ewigkeit.
Voll Haß, Verbitterung und Zorn, voll Einsamkeit,
doch nie allein.
Sein Leib stöhnt, der Schmerz sitzt tief, das alte Lied.
Er ist es wirklich leid, unerträglich ist die Qual.
Doch eines Tages verstummt das Lied.
Und er bettet sich in des Mutters Schoß.

„Der Sinn des Regens"

Trostlos fallen kleine Tränen vom Dach der Welt,
geboren in dem Grau, das den Tag erhellt.
Als Last verstoßen aus des Mutters Schoß,
fallen fragend hernieder : „Aber warum denn bloß ?"
Sie purzeln und fallen einfach dahin.
„ Ja kennt Ihr denn nicht Euren Lebenssinn ?"
In`s Unbekannte gerissen beim Morgenrot,
Ihr kommt auf, zerplatzt und dann seid Ihr tot.
Doch Königin Sonne kommt, Ihr werdet`s sehn,
sie wärmt Eure Körper und läßt Euch aufersteh`n.
Zurück zur Mutter, die dort oben so groß,
und beim nächsten Regen geht's von vorne los.
Und was lernt man daraus, die Moral der Geschicht,
ein Regentropfen sein, nein das möchte ich nicht.

„Wächter der Vergangenheit"

Der Weg führt mich, gedrängt von einer Kraft, an einen unbekannten Ort. Langsam und angespannt, mit Blumen in der Hand, schreite ich auf diesem Pfad ins Ungewisse.

Plötzlich offenbart sich mein Ziel. Ich will zu dem alten, verwilderten Friedhof, dort oben in den Bergen und...?

Und will mich besuchen.

Irgendwo dort liege ich, unter einem uralten, verwitterten Grabstein. Ich weiß bloß nicht mehr wo genau.

Ich betrete den Friedhof. Gräber inmitten von lebendem Wachstum. Überall stehen Bäume und Sträucher, überall rankt Efeu an den Steinen.

Mystisch siehts hier aus, genau wo ich schon immer liegen wollte.

Schöne Aussicht auf die Berge und unten der See...

Echt Klasse !

Ich lese die Inschriften, betrachte die aufwendigen Verzierungen.

Habe ich auch so Einen ? Ich wollte bestimmt so etwas auch.

Ich weiß es nicht mehr.

Ich entdecke Statuen, wunderschön und traurig.

Je genauer ich sie betrachte, um so mehr Feinheiten entdecke ich.

Sie beobachten mich ganz genau, jeden meiner Schritte, sie kennen meine Gedanken. Ich sollte sie nach dem Weg fragen.

Ich frage..., doch sie bleiben stumm.

Oder muß ich lernen, besser zuzuhören ? Sie erzählen alle Geschichten, nur eben auf eine andere Art. Ich starre auf den Weg und gehe langsam weiter.

Irgendwo hier liege ich und ich will mich besuchen. Ich habe ja auch Blumen dabei. Blöd eigentlich ! Ich habe doch gar nichts für Blumen übrig. Peinlich !

Ich hätte es ja besser wissen müssen, aber habe nie darüber nachgedacht. Aber das bringt man eben so mit. Billiger als ein Kranz.

Außerdem ist heute kein besonderer Tag. Oder habe ich etwa heute Geburtstag ? Mist ! Ich habe meinen Geburtstag vergessen.

Ich erinnere mich nicht mehr an das Datum. Ist eigentlich auch gar nicht so wichtig. Mich störts ja nicht mehr.

Aber ausgerechnet Blumen ? Das hätte ich mir verkneifen können. Ich gucke hoch und bleibe wie festgewurzelt stehen.

Ich habe mich gefunden. Da stehts ja drauf.

Ich betrachte ganz aufmerksam meinen Grabstein. Die Blumen verstecke ich hinterm Rücken. Einfach peinlich.

Die Verzierungen sind schlicht und einfach, teilweise verwittert.

Naja, wenigstens haben sie meinen Namen richtig geschrieben.

Da steht ja auch mein Geburtsdatum. Glück gehabt, heute ist er nicht.

Auf einmal durchzuckt mich ein Blitz. Gestorben bin ich heute aber. Wie konnte ich das nur vergessen.

Und Blumen! Was solls, ich kann doch froh sein, daß ich überhaupt gekommen bin. Bin schließlich der Einzige.

Neben meinem Stein steht wieder eine Statue. Ein Engel kniend mit gefalteten Händen.

Was will der denn hier? Und was macht der da?

Hat sich aber einen blöden Ort ausgesucht. Oder kam ich später hierher? Ich wollts bestimmt nicht. Da sieht man auch gleich die Berge nicht mehr so gut.

Wirklich blöder Ort!

Auf einmal fallen mir die Blumen aus der Hand. Na nun weiß ichs. Aber keine Reaktion. Also ist es doch egal.

Ich bücke mich und lege sie auf mein Grab. Naja, paßt ja. Und schon sieht man das Sterbedatum auch nicht mehr.

Eigenartig, so vor sich und seiner Vergangenheit zu stehen. Wie bin ich eigentlich gestorben? Hab ich vergessen, oder damals gar nicht richtig mitbekommen.

Nervend diese Leere!

Ich bücke mich und hebe die Blumen wieder auf. Alt bin ich ja nicht geworden. Was ist damals bloß passiert?

Ich starre die Statue an. Plötzlich kommt mir eine Idee.

Ich gehe hin zu ihr und stecke die Blumen zwischen die gefalteten Hände. Das paßt besser. Soll sie sie mir geben.

Ich bin sowieso schon böse auf sie. Na wegen der schlechten Aussicht.

So, nun muß ich aber wieder. Ich kann ja jetzt mal öfters kommen, wo ich doch weiß, wo ich liege.

Ich begebe mich zum Weg zurück, gehe ein Stück und drehe mich noch einmal um.

Und auf einmal fällt es mir auf. Diese Statue kenne ich.

Sie wacht über mein Grab. Die Augen schauen mich vielsagend an.

Jetzt weiß ich alles wieder. Das Leben, das Sterben, der Tod.
Die Geschichte meiner Vergänglichkeit ist gut bewahrt.

„In Verarbeitung an Schottland"

„Der Traum"

Ich suchte des Nachts meinen Traum.
Ich suchte, aber ich fand ihn nicht.
Geträumt von der Sehnsucht nach Ewigkeit,
entschwand er meinen Fängen.
Geriet er mir aus der Kontrolle,
entflog auf den Schwingen der Endlichkeit ins strahlende Licht.
Entschwand die Hoffnung mir,
meiner Sehnsucht Nähe zu geh`n.
Klauenhafte Finsternis im Mantel der frostigen Kälte
umwirbt mein hüllenhaftes Sein.
Verdammt zur Sterblichkeit,
mein Traum entkam zur Freiheit.

„Schrei nach Ruhe“

Meine Seele fleht nach Ruhe,
Verzweiflung zerreißt mein Herz,
es ist doch sinnlos was ich tue,
das Leben ist doch nur ein Scherz.

Das Leben ist eine Station im Tod,
ein Zwischenstop auf Zeit,
bestehend aus unendlich Leid und Not,
Kälte und Verbittertheit.

Leben besteht aus Haß und Neid,
im großen Lauf ein kleiner Wicht,
lang schon bin ich das Leben leid,
komm und führe mich ins Licht.

Frieden finden auf dieser Welt,
Abschied nehmen vom Ganzen,
es gibt den Pfad für mich erhellt,
sorglos in den Winden tanzen.

Schreien möcht ich, bittend um Ruhe,
in Dunkelheit tausend Tränen vergossen,
Einsamkeit, egal was ich tue,
ewig bleibt das Tor verschlossen.

„Das Leben“

Ich gehe den Weg, den keiner geht,
ich wandre den Pfad, den keiner kennt,
niemand außer mir wird dieses Ziel erreichen,
niemand außer mir versteht um was es geht,

denn es geht um alles, es geht um Mich.

„Suizid ?“

Wenn man täglich einen gedanklichen Selbstmord zu überleben
versucht, wird man dann unsterblich ?
Ist das die Unsterblichkeit auf Zeit, für wenigstens den Zeitraum
des Lebens ?
Läuft man nicht Gefahr nach Unsterblichkeit zu streben
und damit den Tod abzuschaffen ?
Aber der Tod zeigt uns doch erst das Leben durch die Grenzen
von „Davor“ und „Dahinter“.
Und wenn man durch dieses Streben sich des Lebens nicht bewußt
wird, wird man dann unwissendlich lebensmüde ?
Und wird man gerade dadurch doch noch eher sterblich, als alle
anderen, die so vor sich dahinleben ?

„Das Menschenkind "

Es sucht nach Antworten, hat viele Fragen,
keiner, dem es sie stellen kann,
es versucht ja, dies Leben zu ertragen,
doch ist es zu spät irgendwann.

Es versucht ja, die Gedanken zu sortieren,
es fragt sich ja, ständig und immer,
wie kann es gewinnen, statt zu verlieren,
es will sich ja trösten, doch wird es nur schlimmer.

Es versucht ja zu begreifen und zu versteh`n,
es unterscheidet ja das Gute vom Bösen,
doch kann es nirgends einen Ausweg zeh`n,
sich von der Qual und dem Leid zu erlösen.

Es ist doch nur ein Menschenkind,
getrieben in die Lebensschuld,
das die Ruhe nicht mehr find',
Mutter, schenk dem Kind Geduld.

Mach es das Ziel sehend,
laß es begreifen den großen Lauf,
das Menschenkind um Hilfe flehend,
allein gelassen; Nimm es auf!

„Ode an die Vernunft"

Ihr Menschen hört in Euer Herz,
Tiere und Pflanzen sterben,
die Natur windet sich im Schmerz,
wollt Ihr denn nur Wüste erben?

Glaubt Ihr, Ihr könnt alleine leben,
braucht keine Umwelt und Natur?
Wenn wir nicht gemeinsam streben,
läuft sie ab, die Weltenuhr!

Ihr vernichtet, wollt Ihr's nicht begreifen,
zerstört wahllos, rottet aus,
Millionen Jahre wir zu Tode reifen,
macht Ihr Euch da gar nichts draus?

Wenn Ihr nicht aufhört mit dem Morden,
wenn Ihr nicht ablaßt von dem Wahn,
Ihr ward nicht so, Ihr seid so geworden,
dann dreht die Natur Euch zu den Hahn!

„Station Leben"

Aus der Unendlichkeit bist Du geboren,
das Universum, der „Schoß des Davor",
hast den Schutz Deiner Götter verloren,
Du stiegst in den Urschleim empor.

Geboren, gelebt und dann gestorben,
warst so rein im „Schoß des Davor",
wurdest mit Macht und Gewalt verdorben,
Klage nach Unwissenheit dringt an Dein Ohr.

Das Klagen dringt von Innen heraus,
Erinnerung an den „Schoß des Davor",
löscht Dir einmal das Lebenslicht aus,
dann singen Stimmen im Chor.

Ein Lächeln, weil Du die Stimmen kennst,
Du kennst sie vom „Schoß des Davor",
sie singen jetzt, was Du „Dahinter" nennst,
denn Du steigst aus dem Leben empor.

„Liebe ?“

Hast Du denn schon vergessen,
wie es mal damals war,
habt oft zusammen gesessen,
er war immer für Dich da.

Konntet reden über alles,
Kummer, Freud und Leid,
er war Hilfe im Fall des Falles,
war zu jedem Spaß bereit.

Doch von einem Tag zum andren,
Liebe kam bei ihm ins Spiel,
hast ihn nie richtig verstanden,
auf einmal war er Dir zu viel.

Seine Sorgen, sein Empfinden,
interessierten Dich kein Stück,
schafftest es, ihn an Dich zu binden,
doch seine Liebe wiest Du zurück.

Ging es nicht in Deinen Verstand,
oder hat er es nicht geschnallt,
was Euch die Jahre über band,
Deine Gefühle waren immer kalt.

Und so trennten sich die Wege,
Freundschaft nur auf Zeit,
fang an und überlege,
denn er war zu mehr bereit.

„Erlösung"

Erfaß mein Herz und reiß es raus,
will nicht länger Schmerz ertragen,
lösch mein Leid für immer aus,
keiner wird meinen Tod beklagen.

Gib mir die Macht mich zu erlösen,
hör mich an und dann versteh,
trenne mich von Gut und Bösem,
das Leben tut im Herz so weh.

Hab doch Gnade mit der Seele,
die da fleht um Lebensende,
schnür mir ab die Luft der Kehle,
verhilf der Depression zur Wende.

„ Hauch “

Hauchte ich Dir ein Stück meines Lebens ein, würde ich daran sterben. Aber es wäre mein Wunsch, denn ich bin zum Leiden geboren und Du nicht. Du bist die Unschuld und ich bin schuldig. Schuldig an der Depression meines Wächters, meiner Seele, am Zerfall meines Turmes.

„Erwachet "

Gebranntmarkt ist die Mutter durch des Kindes Weh,
wird erstickt mit der Last all seiner Lügen,
oh Götter, wenn ich das Inferno seh,
wieso wollt Ihr Euch denn selbst betrügen ?

Einst war die Erde ein brennendes Azur,
flüchtig Licht, einst Kometenschweif,
das Erschaffene mißglückt, begreift es nur,
die Menschheit ist zum Abdank reif.

Nehmt sie dahin, wo Ihr sie her,
schenkt die Erde zurück all jenen,
die einst bewohnten Land und Meer,
und trocknet unendliche Tränen.

„Letzte Sensibilität"

Der Tag grüßt mit dem ersten Strahl,
Vogelgesang schwebt auf dem lauen Wind,
Natur erwacht zum unendlichsten Mal,
am Himmel zieht das erste Wolkenkind.

Sitzend am Fenster über dem einen Gedanken,
genieße ich die Musik vor dem Glas,
irgendwo sich zwei Katzen zanken,
Duft steigt auf, von frischem Gras.

Gedanken sammeln sich um den Tod,
Blätter rascheln von nahen Bäumen,
der Himmel färbt sich langsam rot,
ich darf den Aufgang nicht versäumen.

Zum unendlichsten Mal die Natur erwacht,
geduldig begrüßt sie die Welt in Scherben,
diesen Glanz zum letzten Mal angelacht,
das letzte Mal vor dem Selber-Sterben.

Einmal noch den Weltgeruch aufgesogen,
am letzten Morgen, der vor mir erwacht,
der Nebel ist schon fortgezogen,
Überwindung kostets, dann ist's vollbracht.

Am Boden liegend erlischt der Gesang,
der Duft entweicht, der Atem steht,
der Morgen erwacht nun ohne Klang,
ein Mensch in tiefer Trauer geht.

„Selbsterfahrung "

Der Körper gezeichnet mit der Klinge;

Quälender Seelenschmerz wird zu Physischem;

Der sensible Punkt scheint überschritten;

Es gibt keine Angst und kein Bedauern;

Es ist die Ebene des umgebenen Bewußten;

Verdrängt die Enge der Gefühle und Gedanken;

Symbolik auf der Haut; Zeichen des Schmerzes;

Gleicht einem Schnittmuster des Lebens, des Leidens;

Chronologie der Depressionen in wirrer Form;

Es bleibt die Selbsterfahrung im tiefsten Grund des

Unterbewußtseins .

„ Sekunde der Ewigkeit "

Bin geboren, bin erzogen,
in des Elternhauses Zeit,
heile Welt mir vorgelogen,
war für's Leben dann bereit.

Bin gewachsen, bin gereift,
in des Weltenalltags Zeit,
doch wer das Leben nicht begreift,
lebt in Unvollkommenheit.

Bin gealtert, bin gestorben,
in des Menschenlaufes Zeit,
hab mir Fähigkeit erworben,
so wie Haß und Gier und Neid.

Bin gewesen, bin vergessen,
in des Erdenstrudels Zeit,
hab im Leben nichts besessen,
außer Trauer, Schmerz und Leid.

„Vogelherz"

Kleines graues Vogelherz,
die Welt öffnet sich für Dich,
wenn Deine Freiheit Dich begleitet,
doch leider nicht für mich.

Ein Leben in Gefangenschaft,
meine Freiheit bleibt ein Traum,
gilt genauso auch für Dich,
nimmt man Dir den Lebensraum.

Nimmt man Dir die Luft zum Atmen,
nimmt man Dir die Luft zum Fliegen,
stirbst qualvoll dann in einem Käfig,
bleibst einsam dort am Boden liegen.

Flieg so hoch, so hoch Du kannst,
laß Dich niemals fangen,
und während Du die Wolken streifst,
werd ich um Dich hier bangen.

Leb Deine Freiheit auch für mich,
nimm mein Herz mit fort von hier,
in Trauer denk ich nur an Dich,
schenk Du den Glauben mir.

„ Schizosphären "

Tief an den Wurzeln eines Baumes vergrub ich mein
Selbst - Ich.

Und dieser Baum wächst an einem Turm im
Ganz – Inneren.

Jeder Ast an diesem Baum ist ein
Möglicherweise – Pfad.

Jeder Pfad führt ins
Nie – Dagewesene – Reich.

Ich war nie da !

Ich grabe nur ständig an den Wurzeln, aber ich schaue nicht, nie
hinauf.
Der Turm neben diesem Baum ragt weit höher und scheint doch
endlicher zu sein, als dieses Gewächs aus Ästen und Ästen. Ich
weiß es, weil ich es fühle, ohne zu sehen. Ich kann diese Endlichkeit
nicht mit Blicken begrenzen. Rein meine Gefühle bilden die
Mauern und die Spitze.
Und doch ist der Baum da, also ist der Turm Wirklichkeit.

„Feuerwesen"

Klagende Stimme, Stille im Wind,
flammend Herz, inmitten des Lichts,
vollkommene Schönheit, bedauertes Kind,
beschworen, erhoben aus dem Nichts.

Irrende Schatten, grausiges Spiel,
Bosheit und Güte, eines selben Tat,
verfolgt im Sinn aller, das alleinige Ziel,
bevor es in die Erlösung trat.

Schmerz ist Vers, Gesang ist Leid,
Schwinge des Lebens, Glut kurzer Dauer,
Seelenpfade sind Unendlichkeit,
gebrannt in die Seele, die Trauer.

„ Trost "

Laß Deine Hände mich umschließen,
weil aus mir lautlos Tränen fließen,
in Deinem Schoß mich an Dich schmiegen,
möcht einfach nur so bei Dir liegen.

Laß mich Deinen Sanftmut spüren,
mein traurig Herz sollst Du berühren,
kann Kummer nur mit Trost besiegen,
will ewig so bei Dir hier liegen.

Du bist es, die mich immer hält,
wenn meine Seele endlos fällt,
Trost find ich nur in Deinem Schoß,
laß mich bitte nicht mehr los.

„Verschwundenes Lachen"

In der Zeit, als der Mensch geboren,
haben die Tiere das Lachen verloren,
die Natur atmet schwer seitdem,
man hat kein Tier mehr lachen sehn.

Wenn weinend Du begriffen hast,
wer hier in diese Welt nicht paßt,
und trostlos willst den Grund erfahren,
wir die Natur zu Grabe tragen,
dann begreifst Du, fest entschlossen,
der Mensch gehört gejagt, erschossen,
der Mensch muß packen seine Sachen,
dann können Tiere wieder lachen.

„ Unendlich Leid "

Du schaust mich an mit großen Augen,
flehst mich an und ich versteh,
darf die Gedanken nicht erlauben,
auch wenn ich's genauso seh.

Die Situation macht Dich so hilflos,
könnt Dir helfen, darf es nicht,
weiß keinen Rat, was mach ich bloß,
versteh doch auch mal meine Sicht.

Versuch Dir zu geben was ich kann,
steh Dir bei und leide mit,
so wie Du ist kein andrer dran,
geh ohne mich den letzten Schritt.

„ Sterbendes Selbst "

Meine trostlosen Augen erblicken die Ferne,
meine suchenden Gedanken erblicken Schmerz,
mein Körper blickt mit letzter Wärme,
ein starrer Blick, mein blutend Herz.

Meine Augen erfühlen die mächtige Weite,
meine Gedanken verirren sich im Gewühl,
mein Körper ahnt schon die kalte Seite,
mein sterbend Herz verliert das Gefühl.

Meine Augen sehnen sich nach Träumen,
meine Gedanken verblassen, der Kopf wird leer,
mein Körper sucht schon nach neuen Räumen,
mein totes Herz kennt keine Sehnsucht mehr.

Meine Augen hab ich fest verschlossen,
als meine Gedanken dem Irrsinn erlagen,
mein Körper hat sich mit „Schuld" erschossen,
ich hab mein Herz in Stille begraben.

„Damals – Jetzt – Bald "

Damals hab ich noch anders gedacht.
Damals hab ich gesagt: „Ich kann das ! ".
Damals hab ich noch so richtig gelacht.
Damals war eben alles anders.

Jetzt denke ich, es geht nicht so weiter.
Jetzt glaub ich, ich bin bald so weit.
Jetzt bin ich nicht mehr so heiter.
Jetzt sag ich: „Es wird bald Zeit ! ".

Bald find ich, dessen bin ich mir sicher,
meine Ruhe in diesem Leben.
Bald wird alles viel herrlicher.
Bald wird sich meine Seele erheben.

„ Freitod "

Mein Kopf geplagt mit Geistes Pein,
tret ich dem Schicksal gegenüber,
ist der Unterschied noch so klein,
macht er mich drum lebensmüder,
dann soll es wohl so sein.

Möcht nicht halten meine Kraft,
ist kein Wille, kein Verlangen,
strömt fernwärts alter Lebenssaft,
will göttlich Wärme nun empfangen,
entreißt der Kälte mich mit Macht.

Mein Seelenleid entschwindet nicht,
entweichen soll des Leibes Hauch,
folg der Stimme gern ins Licht,
mach vom Freitod nun Gebrauch
und stelle mich dem Schuldgericht.